贈るうた

吉野　弘

花神社

贈るうた　*　目次

恋を知り初《そ》めた人に

結婚する二人に

間もなく母になる人と
母になって間もない人に

生命《いのち》とは——と思う人に

贈るうた

空の色が

空の色が
海の色でした
遙かな隔りに妨げられず
空の青が海の青でした

或る人の心の空の色がそのまま
誰かの心の海に届いている
というようなことも

ある
などと思いながら、私は
海を
海に届いている空を　泳ぎました
正確には――私の海に届いている或る人の空を

鏡による相聞歌

あなたは鏡
わたしをとりこにしていながら
わたし自身を一歩も踏みこませない

無理にもあなたに入ろうとすれば
わたしより先に　罅《ひび》が入る
鋭い裂傷・拒絶の柵が
わたしの前に立ちふさがる

わたしは鏡

あなたをとりこにしていながら
あなた自身をとりこにしてはいない

あなた自身をとりこにしようとすれば
あなたの愛の踏みこんでくる
力づくな一瞬を待つほかない
そのとき　あなたから受ける傷
わたしの仮の拒絶の柵
あなたが　くぐらねばならぬ柵
それなのに
あなたは立ちつくしていらっしゃる
砕かれることさえ
わたしは恐れていないのに

祝婚歌

二人が睦まじくいるためには
愚かでいるほうがいい
立派すぎないほうがいい
立派すぎることは
長持ちしないことだと気付いているほうがいい
完璧をめざさないほうがいい
完璧なんて不自然なことだと
うそぶいているほうがいい

二人のうちどちらかが
ふざけているほうがいい
ずっこけているほうがいい
互いに非難することがあっても
非難できる資格が自分にあったかどうか
あとで
疑わしくなるほうがいい
正しいことを言うときは
少しひかえめにするほうがいい
正しいことを言うときは
相手を傷つけやすいものだと
気付いているほうがいい
立派でありたいとか

正しくありたいとかいう
無理な緊張には
色目を使わず
ゆったり　ゆたかに
光を浴びているほうがいい
健康で　風に吹かれながら
生きていることのなつかしさに
ふと　胸が熱くなる
そんな日があってもいい
そして
なぜ胸が熱くなるのか
黙っていても
二人にはわかるのであってほしい

早春のバスの中で

まもなく母になりそうな若いひとが
膝の上で
白い小さな毛糸の靴下を編んでいる
まるで
彼女自身の繭の一部でも作っているように。
彼女にまだ残っている
少し甘やかな「娘」を

思い切りよく
きっぱりと
繭の内部に封じこめなければ
急いで自分を「母」へと完成させることが
できない
とでもいうように　無心に。

白い表紙

ジーンズの、ゆるいスカートに
おなかのふくらみを包んで
おかっぱ頭の女のひとが読んでいる
白い表紙の大きな本。
電車の中
私の前の座席に腰を下ろして。

白い表紙は

本のカバーの裏返し。

やがて
彼女はまどろみ
手から離れた本は
開かれたまま、膝の上。
さかさに見える絵は
出産育児の手引。

母親になる準備を
彼女に急がせているのは
おなかの中の小さな命令——愛らしい威嚇
彼女は、その声に従う。

声の望みを理解するための知識をむさぼる。
おそらく
それまでのどんな試験のときよりも
真摯な集中。

疲れているらしく
彼女はまどろみ
膝の上に開かれた本は
時折、風にめくられている。

一枚の絵

一枚の絵がある

縦長の画面の下の部分で
仰向けに寝ころんだ二、三歳の童児が
手足をばたつかせ、泣きわめいている
上から
若い母親のほほえみが
泣く子を見下ろしている

泣いてはいるが、子供は
母親の微笑を
暖かい陽差しのように
小さな全身で感じている

「母子像」
誰の手に成るものか不明
人間を見守っている運命のごときものが
最も心和んだときの手すさびに
ふと、描いたものであろうか

人は多分救いようのない生きもので
その生涯は

赦すことも赦されることも
共にふさわしくないのに
この絵の中の子供は
母なる人に
ありのまま受け入れられている
そして、母親は
ほとんど気付かずに
神の代りをつとめている
このような稀有な一時期が
身二つになった母子の間には
甘やかな秘密のように
ある

そんなことを思わせる
一枚の絵

紹介

一歳です
おいた、します
おなか、空きます
おっぱい、たっぷり飲みます
お通じ、あります
よく眠ります
夜泣き、しません
寝起き、ご機嫌です

固太《かたぶと》りです
ダイエット、まだです
女性です
柔肌です
おしめ、まだ取れません

I was born

確か　英語を習い始めて間もない頃だ。

或る夏の宵。父と一緒に寺の境内を歩いてゆくと　青い夕靄の奥から浮き出るように　白い女がこちらへやってくる。物憂げに　ゆっくりと。

女は身重らしかった。父に気兼ねをしながらも僕は女の腹から眼を離さなかった。頭を下にした胎児の　柔軟なうごめきを　腹のあたりに連想し　それがやがて　世に生まれ出ることの不思議に打たれていた。

女はゆき過ぎた。

少年の思いは飛躍しやすい。その時　僕は〈生まれる〉ということが　まさしく〈受身〉である訳を　ふと諒解した。僕は興奮して父に話しかけた。

——やっぱり I was born なんだね——

父は怪訝《けげん》そうに僕の顔をのぞきこんだ。僕は繰り返した。

——I was born さ。受身形だよ。正しく言うと人間は生まれさせられるんだ。自分の意志ではないんだね——

そのとき　どんな驚きで　父は息子の言葉を聞いたか。僕の表情が単に無邪気として父の眼にうつり得たか。そ

れを察するには　僕はまだ余りに幼なかった。僕にとってこの事は文法上の単純な発見に過ぎなかったのだから。

父は無言で暫く歩いた後　思いがけない話をした。
——蜉蝣《かげろう》という虫はね。生まれてから二、三日で死ぬんだそうだが　それなら一体　何の為に世の中へ出てくるのかと　そんな事がひどく気になった頃があってね——

僕は父を見た。父は続けた。
——友人にその話をしたら　或日　これが蜉蝣《かげろう》の雌だといって拡大鏡で見せてくれた。説明によると　口は全く退化して食物を摂るに適しない。胃の腑を開いても入っているのは空気ばかり。見ると　その通りなんだ。ところが　卵だけは腹の中にぎっしり充満していて　ほっそりした胸の方にまで及んでいる。それはまるで　目まぐるしく繰り返される生き死にの悲しみが　咽喉もとまで　こみあげているように見えるのだ。淋しい　光りの粒々だったね。私が友人の方を振り向いて〈卵〉というと　彼も肯いて答えた。〈せつなげだね〉。そんなことがあってから間もなくのことだったんだよ。お母さんがお前を生み落としてすぐに死なれたのは――。

父の話のそれからあとは　もう覚えていない。ただひとつ痛みのように切なく　僕の脳裡に灼きついたものがあった。

――ほっそりした母の　胸の方まで　息苦しくふさいでいた白い僕の肉体――。

生命は

生命は
自分自身だけでは完結できないように
つくられているらしい
花も
めしべとおしべが揃っているだけでは
不充分で
虫や風が訪れて
めしべとおしべを仲立ちする

生命は
その中に欠如を抱き
それを他者から満たしてもらうのだ
世界は多分
他者の総和
しかし
互いに
欠如を満たすなどとは
知りもせず
知らされもせず
ばらまかれている者同士
無関心でいられる間柄
ときに

うとましく思うことさえも許されている間柄
そのように
世界がゆるやかに構成されているのは
なぜ?

花が咲いている
すぐ近くまで
虹の姿をした他者が
光をまとって飛んできている

私も　あるとき
誰かのための虹だったろう

あなたも　あるとき
私のための風だったかもしれない

奈々子に

赤い林檎の頬をして
眠っている　奈々子。

お前のお母さんの頬の赤さは
そっくり
奈々子の頬にいってしまって
ひところのお母さんの
つややかな頬は少し青ざめた

お父さんにも　ちょっと
酸っぱい思いがふえた。

唐突だが
奈々子
お父さんは　お前に
多くを期待しないだろう。
ひとが
ほかからの期待に応えようとして
どんなに
自分を駄目にしてしまうか
お父さんは　はっきり
知ってしまったから。

お父さんが
お前にあげたいものは
健康と
自分を愛する心だ。

ひとが
ひとでなくなるのは
自分を愛することをやめるときだ。
自分を愛することをやめるとき
ひとは
他人を愛することをやめ

世界を見失ってしまう。

自分があるとき
他人があり
世界がある。

お父さんにも
お母さんにも
酸っぱい苦労がふえた。
苦労は
今は
お前にあげられない。

お前にあげたいものは
香りのよい健康と
かちとるにむずかしく
はぐくむにむずかしい
自分を愛する心だ。

初めての児に

お前がうまれて間もない日。

禿鷹のように
そのひとたちはやってきて
黒い皮鞄のふたを
あけたりしめたりした。

生命保険の勧誘員だった。

（ずいぶん　お耳が早い）
私が驚いてみせると
そのひとたちは笑って答えた。
〈匂いが届きますから〉

顔の貌《かたち》さえさだまらぬ
やわらかなお前の身体の
どこに
私は小さな死を
わけあたえたのだろう。

もう
かんばしい匂いを
ただよわせていた　というではないか。

創世紀

――次女・万奈《まんな》に

「お嬢さんですよ」
両掌の上にお前をのせて
産婆さんは私の顔に近づけた

お前のおなかから
ふとい紐が垂れ下がり
母親につながっていた

半透明・乳白色の紐の中心を
鮮烈な赤い血管が走っていた
お前が、ぐんと身体をそらし
ふとい紐はブルンと揺れた

あれは、たのもしい命綱で
多分
母親の気持を伝える電話のコードだったろう
母親の期待や心配はすべて
このコードの中を走り
お前の眠りに届いていたにちがいない

母親の日々の呟きと憂いを伝えていた
そのコードの切れ端は
今、ひからびて
「万奈臍帯納」と記された桐の小箱の中にある

小箱を開くたびに私は思いえがく
ちいさな創世紀の雲の中
母親から伸びたコードの端で
空を漂っていたお前を

虹の足

雨があがって
雲間から
乾麺みたいに真直な
陽差しがたくさん地上に刺さり
行手に榛名山が見えたころ
山路を登るバスの中で見たのだ、虹の足を。
眼下にひろがる田圃の上に
虹がそっと足を下ろしたのを！

野面にすらりと足を置いて
虹のアーチが軽やかに
すっくと空に立ったのを！
その虹の足の底に
小さな村といくつかの家が
すっぽりと抱かれて染められていたのだ。
それなのに
家から飛び出して虹の足にさわろうとする人影は見えない。
——おーい、君の家が虹の中にあるぞォ
乗客たちは頰を火照《ほて》らせ
野面に立った虹の足に見とれた。
多分、あれはバスの中の僕らには見えて
村の人々には見えないのだ。

そんなこともあるのだろう
他人には見えて
自分には見えない幸福の中で
格別驚きもせず
幸福に生きていることが——。

一枚の写真

壇飾りの雛人形を背に
晴着姿の幼い姉妹が並んで坐っている
姉は姉らしく分別のある顔で
妹は妹らしくいとけない顔で
姉は両掌の指をぴったりつけて膝の上
妹は姉を見習ったつもりだが
　右掌の指は少し離れて膝の上

この写真のシャッターを押したのは
多分、お父さまだが
お父さまの指に指を重ねて
同時にシャッターを押したものがいる
その名は「幸福」

四つ葉のクローバー

クローバーの野に坐ると
幸福のシンボルと呼ばれているものを私も探しにかかる
座興以上ではないにしても
目にとまれば、好ましいシンボルを見捨てることはない

四つ葉は奇形と知ってはいても
ありふれて手に入りやすいものより
多くの人にゆきわたらぬ稀なものを幸福に見立てる

その比喩を、誰も嗤うことはできない

若い頃、心に刻んだ三木清の言葉
〈幸福の要求ほど良心的なものがあるであろうか〉
を私はなつかしく思い出す

なつかしく思い出す一方で
ありふれた三つ葉であることに耐え切れぬ我々自身が
何程か奇形ではあるまいかとひそかに思うのは何故か

妻に

生まれることも
死ぬことも
人間への何かの遠い復讐かも知れない
と嵯峨さんはしたためた

確かに
それゆえ、男と女は
その復讐が永続するための
一組みの罠というほかない

私は、しかし
妻に重さがあると知って驚いた若い日の
甘美な困惑の中を今もさ迷う

多分、と私は思う
遠い復讐とは別の起源をもつ
遠い餞けがあったのだと、そして
女の身体に託され、男の心に重さを加える
不思議な慈しみのようなものを
眠っている妻の傍でもて余したりする

註　「嵯峨さん」は、嵯峨信之さんのこと。第一連の詩句は、嵯峨さんの詩集『魂の中の死』所収〈広大な国——その他〉の中の一節。

或る朝の

或る朝の　妻のクシャミに
珍しく　投げやりな感情がまじった
「変なクシャミ！」と子供は笑い
しかし　どのように変なのか
深くは追えよう筈がなかった

あの朝　妻は
身の周りの誰をも非難していなかった

只　普段は微笑や忍耐であったものを
束の間　誰にともなく　叩きつけたのだ
そして　自らも遅れて気付いたようだ　そのことに

真昼の銀座
光る車の洪水の中
大八車の老人が喚きながら車と競っていた
畜生　馬鹿野郎　畜生　馬鹿野郎——と

あれは殆ど私だった　私の罵声だった
妻のクシャミだって本当は
家族を残し　大八車の老人のように
駈け出す筈のものだったろうに

私は思い描く
大八車でガラガラ駈ける
彼女の軽やかな白い脛《はぎ》を
放たれて飛び去ってゆく彼女を

愛そして風

愛の疾風《はやて》に吹かれたひとは
愛が遙かに遠のいたあとも
ざわめいている
揺れている

風に吹かれて　枯葦がそよぐ
風が去れば　素直に静まる

ひとだけが
過ぎた昔の　愛の疾風に
いくたびとなく　吹かれざわめき
歌いやめない　――思い出を

註　合唱組曲『心の四季』の一つ。

ほぐす

小包みの紐の結び目をほぐしながら
思ってみる
――結ぶときより、ほぐすとき
すこしの辛抱が要るようだと

人と人との愛欲の
日々に連らねる熱い結び目も
冷《さ》めてからあと、ほぐさねばならないとき

多くのつらい時を費すように

紐であれ、愛欲であれ、結ぶときは
「結ぶ」とも気付かぬのではないか
ほぐすときになって、はじめて
結んだことに気付くのではないか

だから、別れる二人は、それぞれに
記憶の中の、入りくんだ縺《もつ》れに手を当て
結び目のどれもが思いのほか固いのを
涙もなしに、なつかしむのではないか

互いのきづなを

あとで断つことになろうなどとは
万に一つも考えていなかった日の幸福の結び目
――その確かな証拠を見つけでもしたように

小包みの紐の結び目って
どうしてこうも固いんだろう、などと
呟きながらほぐした日もあったのを
寒々と、思い出したりして

歳時記

秋風に歩いて逃げる螢かな
——小林一茶、五十一歳、病臥中の作

翅があるのだから飛んで逃げればよかろうに
そうか、もう秋も大分更けている
歩いていると見たのは
飛べずに走っている速さだったか

人間が使う秋の季語に
「虫老ゆ」「虫衰う」があり
「人老ゆ」「人衰う」は
俺が存じ上げている少し風流な神の歳時記にある

開かれた歳時記
「人老ゆ」の作例が幾つか並ぶ文字の上を
秋の螢の足取りで逃げる俺がいて
チラと御覧の神は句作に腐心していらっしゃる

円覚寺

早春
鎌倉
円覚寺
丘陵を背にゆるやかな勾配を持つ広い境内
山門、本堂、鐘楼、舎利殿、塔頭《たっちゅう》十数棟の
ゆったりした布置
境内を点綴して紅梅白梅が咲き競い、人々が歩む
総門から奥の庵まで一筋延びている石畳の参道

そこを行き交う人々にまじり
黒いコートの老人が
二人の婦人に左右の肩を支えられ
不自由な足をひきずり、勾配を登っている

若者たちが談笑しながら
その老人を足早に追い越してゆく
若者たちに無視されていることで一層際立つ老いの姿を
私は、なぜか、殊更、心に留めようとしている

「お父さんは風のように歩く」
次女が小学生の頃、私に言ったことを
私は不意に思い出し、苦笑する

数ヵ月前、駅のホームで失神昏倒した私には
もう、「風のような」身軽さはない

老人はしばしば立ち止まって
間近の梅の花の照りを浴び
介添えの婦人と談笑している
その時だけ
歩くことに必要な努力が
姿に現われない

早春
鎌倉
瑞鹿山《ずいろくさん》円覚寺

自分自身に

他人を励ますことはできても
自分を励ますことは難しい
だから――というべきか
しかし――というべきか
自分がまだひらく花だと
思える間はそう思うがいい
すこしの気恥ずかしさに耐え
すこしの無理をしてでも

淡い賑やかさのなかに
自分を遊ばせておくがいい

夕焼け

いつものことだが
電車は満員だった。
そして
いつものことだが
若者と娘が腰をおろし
としよりが立っていた。
うつむいていた娘が立って
としよりに席をゆずった。

そそくさととしよりが坐った。
礼も言わずにとしよりは次の駅で降りた。
娘は坐った。
別のとしよりが娘の前に
横あいから押されてきた。
娘はうつむいた。
しかし
又立って
席を
そのとしよりにゆずった。
としよりは次の駅で礼を言って降りた。
娘は坐った
二度あることは　と言う通り

別のとしよりが娘の前に
押し出された。
可哀想に
娘はうつむいて
そして今度は席を立たなかった。
次の駅も
次の駅も
下唇をキュッと噛んで
身体をこわばらせて――。
僕は電車を降りた。
固くなってうつむいて
娘はどこまで行ったろう。
やさしい心の持主は

いつでもどこでも
われにもあらず受難者となる。
何故って
やさしい心の持主は
他人のつらさを自分のつらさのように
感じるから。
やさしい心に責められながら
娘はどこまでゆけるだろう。
下唇を嚙んで
つらい気持で
美しい夕焼けも見ないで。

熟れる一日

赤い西瓜の内側のような
夕焼け。
こんなに良く熟れる夏の一日もある。

空にいらっしゃる方《かた》が
大きなスプーンで
ひと掻きずつ
夕焼けを

掬って　召しあがるのか
赤いおいしそうなところが
ゆっくり　減ってゆく。
暑かった昼のほとぼりのさめないまま
たちこめる青い暮色。
空の高いところに
かすかに赤い横雲が一筋
食べ残された風情で。

少し前まで

少し前まで庭の隅に生えていた若い樹が
家人の手で鉢に移され
陽の当るところで風になぶられている

庭土から掘り出され
鉢の新しい土になじむまでの
根のさぐりかたを私は想っている

必要なだけの土を
緻密に組織する根の、なまめかしい抱擁術
それが私には、少し妬ましい

私はと言えば——人間稼業を終えたあと
軽くなって土の中に送りこまれ
土を抱くすべもなく、崩れて土と交わるだけだ

樹

人もまた、一本の樹ではなかろうか。
樹の自己主張が枝を張り出すように
人のそれも、見えない枝を四方に張り出す。

身近な者同士、許し合えぬことが多いのは
枝と枝とが深く交差するからだ。
それとは知らず、いらだって身をよじり
互いに傷つき折れたりもする。

仕方のないことだ
枝を張らない自我なんて、ない。
しかも人は、生きるために歩き回る樹
互いに刃をまじえぬ筈がない。

枝の繁茂しすぎた山野の樹は
風の力を借りて梢を激しく打ち合わせ
密生した枝を払い落す――と
庭師の語るのを聞いたことがある。

人は、どうなのだろう?
剪定鋏を私自身の内部に入れ、小暗い自我を
刈りこんだ記憶は、まだ、ないけれど。

夥しい数の

夥しい数の柿の実が色づいて
痩せぎすな柿の木の華奢な枝を深く撓ませています
千手観音が手の先に千人の赤子を生んだとしたら
こんなふうかもしれないと思われる姿です
枝を撓ませている柿の実は
母親から持ち出せる限りを持ち出そうとしている子供のようです

能う限り奪って自立しようとする柿の実の重さが
限りなく与えようとして痩せた柿の木を撓ませています
晩秋の
赤味を帯びた午後の陽差しに染められて

短日

葉を落した大銀杏の
休暇の取り方

どこかへ慌てて旅立ったりしない
同じ場所での静かな休息

自分から逃げ出したりしないで
自分に同意している育ちの良さ

裸でいても
悪びれず

風のある日は
風を着膨《きぶく》れています

あとがき

花神社々主・大久保憲一氏からのお勧めで、この『贈るうた』をまとめました。

所収詩篇は二十八篇。すべて既発表の作品から選んだものです。自分がこれまで勝手に書き散らしてきたものを、わざわざ『贈るうた』という形で人前に差し出すのは、正直のところ気恥ずかしいのですが、もともと詩歌には人に贈る性質があるものだという素性を言い訳にして、厚かましく、小著をまとめた次第。

願わくは、小著が、読者各位のご迷惑にならない贈りものでありますよう、ひそかに念じています。

著　者

著者

吉野弘（よしの・ひろし）

1926年山形県酒田市生まれ。

1952年「詩学」に「爪」「I was born」を投稿。

1957年誌集『消息』出版、以後『幻・方法』『10ワットの太陽』『感傷旅行』『北入曾』『風が吹くと』『叙景』『陽を浴びて』『自然渋滞』『夢焼け』『吉野弘全詩集』などの詩集がある。

1953年「櫂の会」に参加、現在に至る。

＊贈《おく》るうた

初版第一刷＝一九九二年四月十日
新装第一刷＝二〇〇六年十月十五日
新装第三刷＝二〇〇八年六月十五日

著者＝吉野　弘
装釘＝熊谷博人
発行者＝大久保憲一
発行所＝株式会社花神社《かしんしゃ》
東京都千代田区猿楽町一─五─九
駿河ビル三〇二　電話　三二九一・六五六九
印刷所＝信毎書籍印刷㈱
用紙＝文化エージェント
製本所＝矢嶋製本

ISBN978-4-7602-1860-8　C0092